# WOW of the Heart

Discover how to meditate "a fun way" and learn the ways of the heart by following the adventures of Matisse and his bird friend, SeeMore.

This book is for all ages and includes guide sections for children and adults.

# GUAU del Corazón

Descubre como meditar en "un modo divertido" y aprende los modos del corazón sigue las aventuras de Matisse y su compañero pájaro, VerMas.

Este libro es para todas las edades e incluye una sección de guias para niños y adultos.

Story and Guides By / Cuento y Guias Por : Nanette E. Hayles
Paintings / Pinturas : Nanette E. Hayles
With / Con : Azia Coffman
Spanish Translation / Traducción al Español : Azia Coffman

WOW of the Heart

This book is dedicated
To my children, Marc, Coy and Azia
To my Grand daughters Frida and Akasha and
ALL OF MY GRAND CHILDREN THE WORLD OVER.

May we all learn to tune our hearts to
love's wondrous frequency...


GUAU del Corazón


Este libro esta dedicado
A mis hijos: Marc, Coy y Azia
Mis nietas Frida y Akasha
Y A TODOS MIS NIETOS DEL MUNDO

Ojala nos aprendamos a afinar nuestros maravillosos corazones
con la misma frecuencia de AMOR

# TABLE OF CONTENTS / INDICE


**WOW Part I / GUAU Parte I**
Story of Matisee, SeeMore and the Heart
Cuento de Matisee, VerMas y El Corazón
Experience Meditation / Experiencia en Meditación     Pg. 6 – 37
(With illustration paintings / Pinturas)


**WOW Part II / GUAU Parte II**
Introduction to Guides / Introducción de las guias     Pg. 38 – 39
Children's Guide / Guia para niños     Pg. 40 – 49
Adult Guide / Guia para adultos     Pg. 50 – 55


**WOW Part III / GUAU Parte III**
Thank You Page / Agradecimientos     Pg. 56
About the Author / Acerca del Autor     Pg. 57

"AHHHH, sighed Matisse, there you are SeeMore! Where have you been?"
SeeMore flew over and gently landed in Matisse's open hand. As SeeMore landed, Matisse remembered how his hummingbird friend got his name. "SeeMore", could see more: he could see far and wide and even inside… all the way inside people's hearts.

To Matisse that was a big WOW, but to SeeMore,  he knew the biggest WOW would be Matisse's discovery.
In fact, for everyone,  its just about the most wonderful and magical discovery of all!  And so our story begins…

"AHHHH, suspiro Matisse, ¡ahí estas VerMas! ¿por dónde has andado?"
VerMas voló hacia a Matisse y gentilmente aterrizó en sus manos abiertas. Al aterrizar, Matisse recordó porque su amigo colibrí recibió su nombre. "VerMas" podía ver mas y podía ver lejos, a lo largo y a lo ancho… hasta llegar adentro de los otros corazones.

Para Matisse esto era un "GUAU" bastante grande, pero VerMas, sabía que el "GUAU" más grande sería lo que iba a descubrir del mismo Matisse.
De hecho, para cualquiera sería el descubrimiento más mágico y maravilloso y así empieza nuestro cuento…

One day Matisse's teacher was showing a film about volcanoes. Luckily Matisse remembered to hide  SeeMore inside his pocket  so they could watch the film together.

"WOW" whispered Matisse, as the volcano  exploded.

"WOW" whispered SeeMore back.

Un día el maestro de Matisse puso una película de volcanes. Por suerte ese fue el día que Matisse trajo a VerMas a la   escuela  escondido en su bolsillo y pudieron ver la película juntos.

"GUAU" murmuró Matisse, cuando el volcán explotó,

"GUAU", murmuró VerMas también.

On another day,  Matisse was  out watching the rain when SeeMore suddenly landed on his hand.
"WOW, the rain sure is beautiful," said Matisse. "Just wait," said SeeMore, "a bigger WOW is coming!"
They continued to watch  the rain, "There!" shouted SeeMore. Suddenly the most beautiful rainbow they ever saw appeared. "WOW!" exclaimed Matisse.


Otro día Matisse estaba mirando caer la lluvia, cuando de pronto VerMas aterrizó sobre la mano de  Matisse.
"¡GUAU la lluvia es muy bella!", dijo Matisse.  "Solo espera", dijo VerMas, "¡el GUAU más grande esta por llegar!"
Siguieron viendo la lluvia "¡Allá!", gritó VerMas, de repente el arcoíris más hermoso que hayan visto apareció.
"¡GUAU!", exclamó Matisse.

Matisse and SeeMore were coming home late one evening.
A billion magnificent stars lite up the sky.
They stopped and stood amazed, "WOW" they both shouted
over and over again as the shooting
star passed over them.


Matisse y VerMas llegaron tarde una noche.
Un billón de estrellas magníficas alumbraban el cielo.
Se detuvieron asombrados, "GUAU" gritaron.
GUAU repitieron los dos una y otra vez…
mientras una estrella fugaz le pasaba por encima.

One evening, as the sun was setting, Matisse whined, "I am tired of just seeing more and more. Is there  more  to life than just chores and WOWS?"  SeeMore  replied, "Yes, when your  heart and mind are open you will see that there is more." SeeMore was secretly happy to hear Matisse finally say these words and knew Matisse would soon answer his own question.

SeeMore flew up to Matisse's questioning face and whispered to him that the season is changing and it was time for him to fly back to his other home. Matisse's face grew sad when he realized that this was the time, as it was every year, for his bird friend to fly away. SeeMore's heart  was open and wide to see inside Matisse. He comforted Matisse by fluttering his beautiful wings on his teary cheek, kissing him goodbye. Matisse could feel SeeMore's  strong love and understanding. Matisse gathered his strength  and sent loving kindness back to SeeMore.

Una tarde al meterse el sol Matisse se quejó, "¡Estoy cansado de ver más y más! ¿Habrá algo más en la vida que no sean tareas rutinarias y GUAUS?" VerMas contestó, "Claro, cuando tu corazón y tu mente están más abiertos, veras que si hay más." VerMas se alegró secretamente porque por fin escuchaba estas palabras y supo que Matisse pronto contestará a su propia pregunta.

VerMas  voló a Matisse, y le susurró que las estaciones estaban cambiando y eso significaba que era tiempo de volar a su otro hogar. Matisse puso cara triste cuando supo que ya era tiempo, como lo era cada año, en que su amigo pájaro se fuera. El corazón de VerMas estaba amplio y abierto lo suficiente para ver dentro de Matisse. Le brindó un besito a Matisse, revoloteando sus hermosas alas sobre su mejilla lagrimosa... Matisse pudo sentir el amor y comprensión de VerMas. Así que Matisse reunió todas sus fuerzas para regresarle amor y ternura a VerMas.

SeeMore looked deep into Matisse's sad eyes and off he flew.
Matisse's days passed slowly.
He did his chores, looked for WOWS, played with his friends
and went to school, but it wasn't the same without SeeMore.


VerMas miró los ojos tristes de Matisse y se fue volando.
Para Matisse los días pasaban muy lentos, hizo sus tareas
rutinarias, buscó los GUAUS, jugó con sus amigos e iba a la
escuela, pero nada era igual sin VerMas.

Sadly, Matisse wandered over to the window where he used to sit and wait for SeeMore.  On the way to the window, Matisse caught a glimpse of himself as he passed the mirror. WOW, he thought, I never really looked at myself! Matisse looked into his own eyes, "WOW" he whispered. Then he looked at his ears, WOW he thought…they look like my  dad's ears!

Matisse iba tristemente a la ventana donde se reunía con VerMas. En camino a la ventana, alcanzó a verse en el espejo. "GUAU," pensó Matisse, "¡nunca realmente me he visto!" Matisse miró dentro de sus propios ojos.
"GUAU," murmuró. Luego vio sus orejas, GUAU pensó… "¡se parecen a las orejas de mi papá!"

Then he did something he never did before, he stopped and listened to ALL the sounds. One by one he could name each sound and one by one the sound would disappear. He sat very still. He heard no sounds, he felt silence. WOW,  thought Matisse. When there were no sounds,  Matisse became more quiet and still.

Luego hizo algo que nunca había hecho antes… se detuvo y escuchó todos los sonidos. Uno por uno el podía reconocerlos. Uno por uno los sonidos iban desapareciendo. Cuando no hubo ni un sonido, Matisse permaneció más silencioso y más calmado.

He could hear his own breathing. He lay down right where he was and watched his stomach move up and down… as he inhaled in through his nose, then held his breath for a few seconds, then exhaled out through his mouth, then paused his breath again for a few seconds… "WOW" he whispered. He noticed that with each breath, he was more still and quiet (even though there were lots of sounds). This is so nice he thought, I will stay here longer and repeat this breathing, watching my own breath go in and out while my stomach moves up and down. Matisse noticed that his thoughts moved slower with each breath.

Rythm of meditation :   inhale – pause – exhale – pause – inhale – pause – exhale – pause – inhale – pause…

Ahora pudo observar su propia respiración. Ahí mismo se acostó y observo su estómago moverse de arriba para abajo… mientras inhalaba aire por su nariz, lo retenía algunos segundos, exhalaba por su boca, hacia una pausa de algunos segundos…"GUAU," murmuró Matisse. Pronto notó que con cada suspiro, todo se volvía más silencioso y más calmado (aunque hubiera muchos sonidos alrededor). Esto es muy agradable pensó, me quedaré aquí un poco más de tiempo, repetiré y observaré mi propia respiración entrar y salir mientras mi estómago se mueve de arriba para abajo. Matisse notó que sus pensamientos se volvían más lentos con cada suspiro.

Ritmo de meditación :   inhalar – pausa – exhalar – pausa – inhalar – pausa – exhalar – pausa – inhalar – pausa…

As he observed his thoughts moving slower, it reminded him of watching the old trains coming into the train station… the slower the train cars went, the more he was able to see each train car AND the spaces between them. The train cars are just like each thought and the spaces between the cars are like the spaces  between thoughts. He let himself drift into those spaces between the thoughts. In those spaces he found peace.

WOW, thought Matisse, I found AND feel my own peace!


Mientras observaba sus pensamientos recordó la vieja estación de trenes y como llegaban los trenes… entre más lento llegaban, mejor podía ver cada vagón y el espacio entre cada uno de ellos. Cada vagón es como un pensamiento razonó Matisse y los espacios entre cada vagón son como los espacios entre cada pensamiento. Matisse se dejó llevar por estos espacios entre cada pensamiento. En estos espacios encontró paz.

GUAU pensó Matisse, ¡pude encontrar y sentir mi propia paz!

Matisse continued to observe his new found peace. While feeling his own peace, he discovered  something else… HIS OWN HEART! Matisse took more deep breaths and gently placed his hand over his heart. He felt the love he has for his parents, his sister, his neighbor, music and yes of course, for SeeMore! Then he started to remember all the 'WOWS': the rain… the grass between his toes… his dad when he found his lost toy.

Matisse felt love for so many people and things.
"WOW", he said to himself , "my heart is the biggest WOW!"


Matisse continuó a observar su nuevo descubrimiento de paz. Mientras lo sentía, descubrió algo más… ¡SU PROPIO CORAZÓN! Matisse tomó un gran suspiro y colocó su mano suavemente sobre su corazón.
Sintió el amor que tiene para sus padres, su hermana, su vecino, la música, y claro para VerMas! Después empezó a recordar todos sus "GUAUS" que ha vivido: la lluvia, el pasto entre sus dedos… a su padre cuando encontró su juguete preferido.

Matisse sintió amor por tanta gente y por tantas cosas.
"GUAU" se dijo a el mismo, "¡mi Corazón es el GUAU más grande!"

Suddenly there was a tap on the window. Matisse jumped up and ran to the window shouting, "It's SeeMore, its SeeMore!"

SeeMore was excited to finally be home!  Matisse was very happy  and excited too!  In fact,  SeeMore never saw Matisse so happy. Matisse couldn't wait  to tell SeeMore about the WOWS that happened while he was gone.

De repente hubo un "toquecito" en la ventana. Matisse saltó y corrió hacia la ventana, gritando "¡Es VerMas, es VerMas!"

¡VerMas estaba muy emocionado de por fin estar en casa! Matisse estaba muy emocionado y feliz también. De hecho VerMas nunca había visto a Matisse tan feliz. Matisse no pudo aguantar las ganas de contarle a VerMas todos los "GUAUS" que había descubierto durante su ausencia.

Matisse told SeeMore about the silence, even when there was noise. He told him how he could see and slow down his thoughts, like trains slowing  down as they came into the train station. Matisse explained how he could do all these things just by feeling his own peace by watching his own breath; breathing in through his nose and out through his mouth while  his stomach moves up and down.

Matisse le contó a VerMas sobre el silencio, aun cuando había ruido. Le contó como pudo ver y frenar sus pensamientos, como cuando los trenes llegan lentamente a la estación. Matisse explicó como pudo hacer todas estas cosas solamente con sentir su propia paz, con observar su propia respiración; inhalando por su nariz y exhalando por su boca, mientras su estómago se movía hacia arriba y hacia abajo.

Matisse continued,  that even after all these 'WOWS' , the biggest WOW is that he has a heart.
"My heart feels love, like the love I feel coming from my mom and I have a heart that can give love too, like the love I have for my mom and for you too SeeMore!" Matisse exclaimed.
SeeMore flew all around the room, flapping his beautiful wings with joy. He was so happy that Matisse discovered so much about himself.


Matisse siguió diciendo que aun después de tantos "GUAUS", el "GUAU" más grande fue saber que tiene un corazón.
"¡Mi Corazón siente amor como el amor que siento por mi madre y tengo un corazón que puede dar amor también, como yo amo a mi madre y a ti  VerMas!", exclamó Matisse.
VerMas voló por todo el cuarto, aleteaban sus hermosas alas con felicidad. El estaba tan feliz de que Matisse había descubierto tanto de el mismo.

As Matisse looked into SeeMore's eyes, he said, "I learned that EVERYONE has a heart like mine… EVERYONE has someone who loves them….and EVERYONE can love too…just like we love each other.

"WOW!" they both said together.

"And you know what else SeeMore?" Matisse continued, "because I discovered these wonderful things,  I love ME too!"


Al mirar intensamente los ojos de VerMas, Matisse dijo, "He aprendido que TODOS tienen un corazón como el mío… TODOS tenemos a alguien que nos ama…TODOS podemos amar también… como nos amamos, tu y yo!"

"¡GUAU!" los dos dijeron juntos.

"¿Y sabes VerMas?" continuó Matisse, "¡porque he descubierto estas cosas maravillosas, me amo a mi mismo también!"

SeeMore was very  proud, because Matisse discovered the most magical and wonderful gift of all…
HIS HEART AND THE HEARTS OF OTHERS!
That's the Story of Matisse and SeeMore and the WOW of the Heart.

You have a Heart too! FEEL the LOVE for your Self!
Feel the LOVE and let it fly out to EVERYONE!


VerMas estaba muy orgulloso porque Matisse había descubierto el regalo más mágico y maravilloso de todos…
¡SU CORAZON Y LOS CORAZONES DE TODOS!
¡Este es el cuento de Matisse y VerMas y el GUAU del Corazón!

¡Tu Tienes un Corazón también!, ¡SIENTE el AMOR a ti Mismo!
¡Siente el AMOR y dejalo volar a TODOS!

# WOW of the Heart

## INTRODUCTION to Children and Adult Guides

Some of us may find the following explanations too sophisticated or too mature for children, but when we begin to look inside ourselves instead of outside of ourselves for answers, life can become more magical and more meaningful. We will discover that age has no barriers and that we can begin learning at any time.

I wrote this book with that experience in mind. We also ALL KNOW certain truths within ourselves already. This little book is just to help us remember those simple practices that awaken us to things and feelings we already know and have that we may be disconnected from. A way to start our path back to connecting is to just be quiet, even when there is noise, to take a few moments and just STOP and be still. It is also helpful to remember and develop the habit of breathing, to feel our breath entering our lungs, relaxing our bodies, slowing down our thoughts and resting our hearts. Matisse "accidently" did this when he went inside and discovered and learned certain things about himself. You had the opportunity to observe Matisse on his journey and now you have an opportunity to discover and learn yours.

Please take your time when you go through these heart qualities of practice that follow in the next section. Share your views, dreams and self-discoveries, turn them into something fun to do and practice. We can discover the many ways that love can manifest and grow by creating your own WOW moments of love.

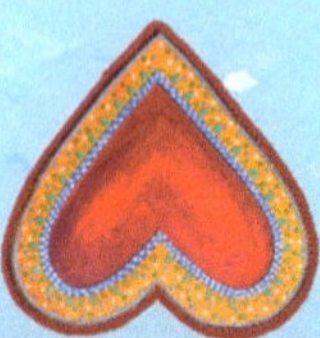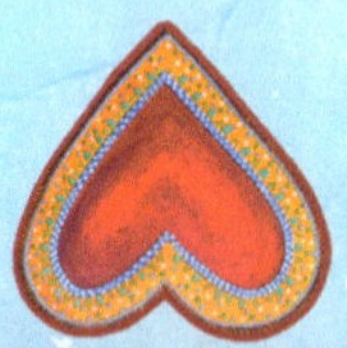

# GUAU del Corazón

## INTRODUCCIÓN de Las Guias

Algunos pensaran  que las siguientes explicaciones son muy maduras o sofisticadas para los niños. En el  momento de buscar en el interior de cada uno las respuestas, en  vez de lo externo, la vida comienza a ser mágica y con más significado. Descubriremos que la edad no tiene barreras y que podemos empezar a aprender en cualquier momento.

Escribí este libro teniendo esto en mente. Todos sabemos que ya existen ciertas verdades dentro de nosotros. Este pequeño libro es solo para recordarnos que hay simples prácticas que despiertan en nosotros sentimientos que sabemos que tenemos, pero que tal vez estemos desconectados de ellos. Una manera de empezar a conectarnos de Nuevo con nuestros sentimientos es buscar el silencio aun cuando haya ruido, tomar unos cuantos minutos y solo parar y quedarse quieto. Respirar y sentir  el suspiro entrar en nuestros pulmones y relajar nuestro cuerpo, alentar nuestro pensamiento y descansar con nuestro Corazón Matisse hizo esto "accidentalmente"  cuando se centró en el mismo, y descubrió ciertas cosas. Tuviste la oportunidad de observar a Matisse en su viaje y ahora tienes la oportunidad de descubrir y aprender el tuyo.

Por favor, toma tu tiempo al pasar por las prácticas de cualidades del Corazón.  Comparte tus visiones, sueños y autodescubrimientos, conviértelos en algo divertido y practícalos. Podemos descubrir muchas maneras de cómo se manifiesta el amor, creando tus propios "Guau" momentos de amor.



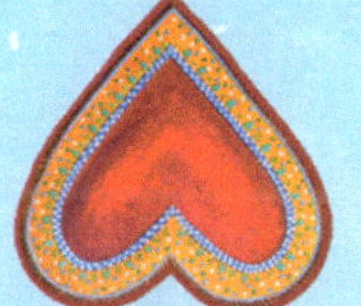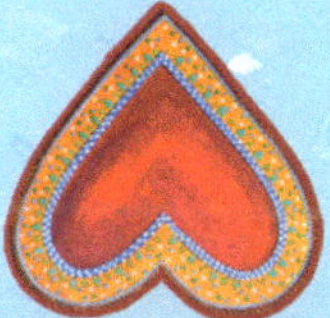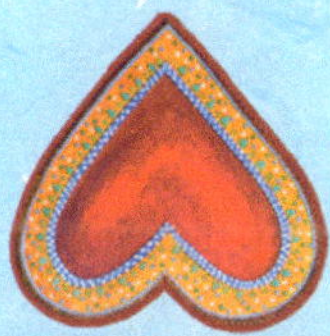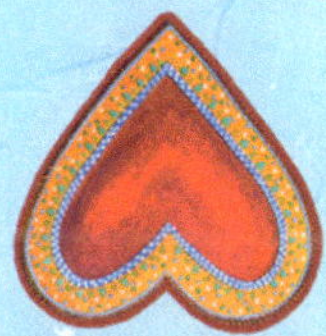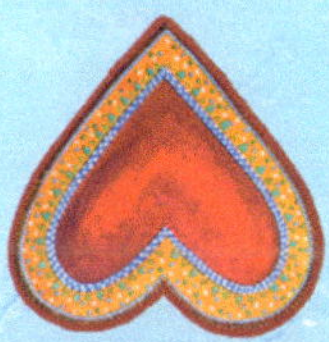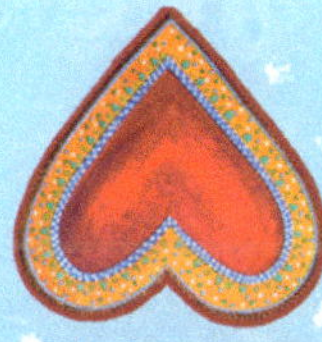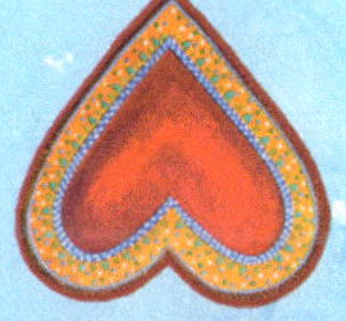

 # CHILDREN'S GUIDE 

Many of us think love is just a feeling that we experience for and between other people, animals, plants and things.  But love is more than just a feeling. Love is a smart feeling and love can be expressed by our responsible actions. When we choose to be more "awake" or conscious or smart about love like Matisse, we find a new world opens up. When we experience love in this awake way, love becomes more complete, tangible, real and alive.

In this section, there are some suggested guides or qualities we can develope.  These qualities can help our feelings of love flow more easily from our hearts.  This is how we are smart with our love, by listening like Matisse did.   The action of love is developing qualities like these and nurturing them, so that love can flow and grow effortlessly.  It takes practice to learn the art of love, just like it takes practice to learn to play the piano or play soccer.

On some of the pages with pictures, there are hidden magical hearts. Each heart you find represents these Actions of Love. Let SeeMore be your guide to the hidden magic within your heart!  After you close your eyes and breath in through your nose and out of your mouth several times, SeeMore asks to please feel and think about these qualities: kindness, patience, compassion, forgiveness, gratitude and all the ways you can turn your feelings into actions of love!.

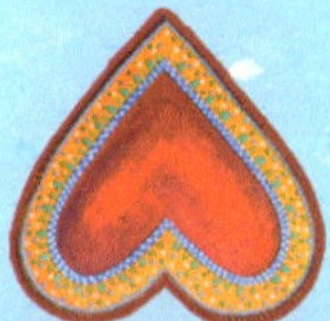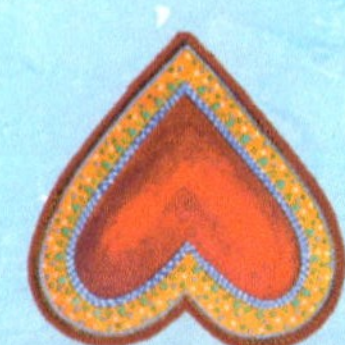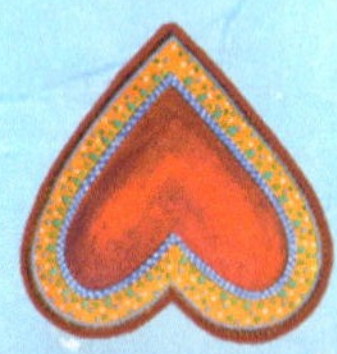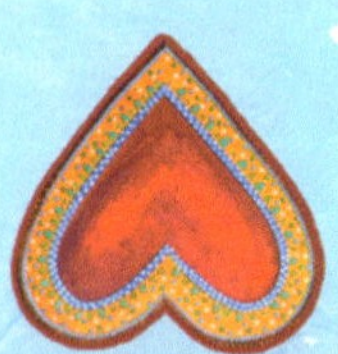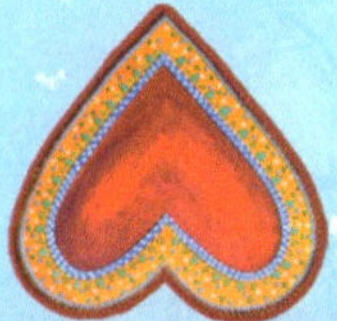

## GUIA DE NIÑOS

Muchos de nosotros pensamos que el amor es solo un sentimiento que se expresa entre personas, animales, plantas y cosas. Pero el amor es más que un sentimiento. El amor es inteligente y el amor se puede expresar a través de nuestras acciones responsables. Cuando nosotros decidimos estar más "despiertos" o conscientes e inteligentes con el amor, como lo hace Matisse, encontramos un nuevo mundo que se va revelando con el tiempo. Cuando nosotros experimentamos el amor de manera despierta y consciente, el mismo se vuelve más completo, tangible, real y vivo.

Cada uno de los siguientes corazones son guias o cualidades que pueden ayudarnos a desarrollarnos. Estas cualidades pueden apoyar nuestros sentimientos de amor, para que desde nuestros corazones fluyan con más facilidad. Esto es  ser inteligente con nuestro amor, escuchando como lo hace Matisse. La acción del amor es desarrollar cualidades como éstas y nutrirlas, para que el amor crezca y fluya sin esfuerzo. Debe ejercitarse para aprender el arte del amor, igual como se practica tocar el piano o jugar futbol.

En algunos dibujos de estas páginas  encontraras corazones escondidos. Cada corazón que encuentres representará estas acciones de amor. Deja que VerMas sea tu guía para encontrar la magia que hay en tu corazón! Después, cierra tus ojos e inhala por tu nariz y exhala por tu boca, repetitivamente. VerMas te pide por favor que pienses y sientas bondad, paciencia, compasión, perdón y agradecimiento en todas  sus formas para convertir tus sentimientos en acciones de amor!

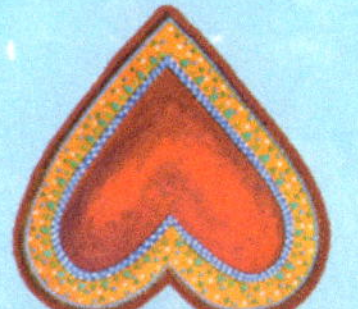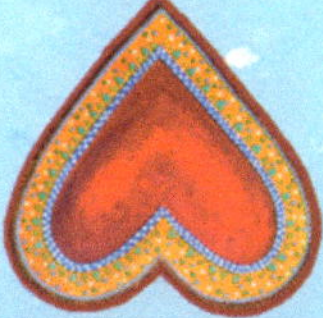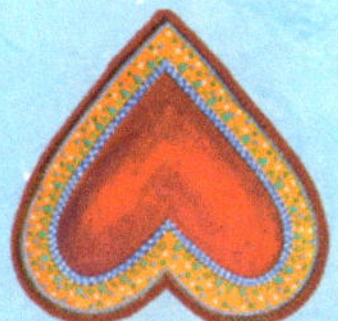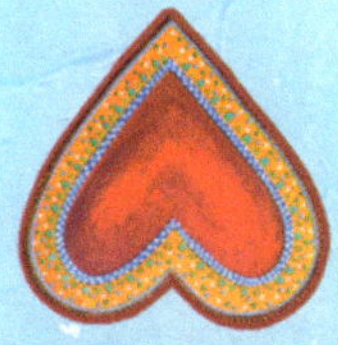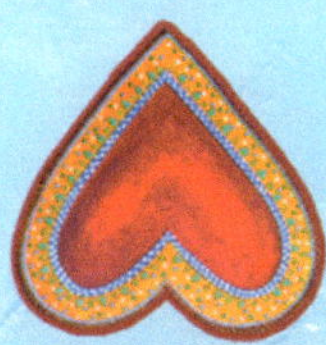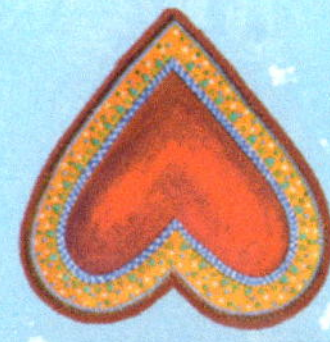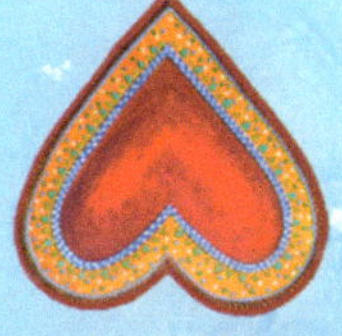

## PRACTICE KINDNESS
### ...until you ARE kindness.

Open your heart and be kind to yourself, others, animals, plants and even things.

Treat your belongings, your home, your school, your parks, even people or things you don't like with kindness!  Remember everything living or not, responds to kindness.

When it's hard to be kind, this is actually the most important time to practice kindness.

## PRACTICE PATIENCE
### ...until you ARE patience.

Don't wait for something to happen. DO something else in the meantime. Have faith that whatever is meant for you, won't go by you.

Patience is spending time calmly and allowing life to bring to you what IT wants. Perhaps, life may or may not give you what you want or need. In meantime, LIVE your life and spend your time in each moment choosing to do something that you enjoy and can learn from.

## PRACTICA BONDAD
### ...hasta tu ERES bondad.

Abre tu corazón y se amable contigo mismo, con otros, con animales, con plantas y hasta con las cosas.

Trata con amabilidad tus pertenencias, tu casa, tu escuela, tus parques, las cosas y hasta la gente que no te agrada! Recuerda que todas las cosas vivientes o no, responden a la amabilidad.

Cuando es difícil ser amable, este es el momento más indicado para practicar tan importante valor.

## PRACTICA PACIENCIA
### ...hasta tu ERES paciencia.

No esperes a que suceda algo. Entretente en algo mientras. Mantén la fé de que lo que te corresponde, se manifestará.

Paciencia es ver pasar el tiempo con calma, para permitir que la Vida te traiga lo que te quiera traer. Tal vez la Vida te brinde lo que deseas, o tal vez no. Mientras tú; vive tu vida, y pasa tú tiempo en cada momento, escogiendo lo que te agrade o lo que te enseñe algo.

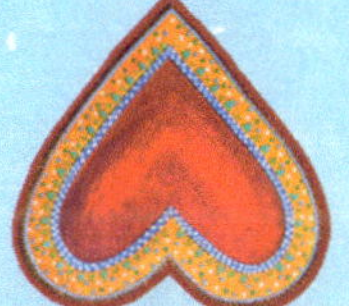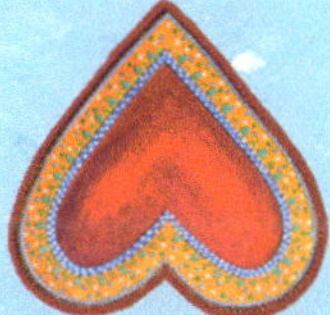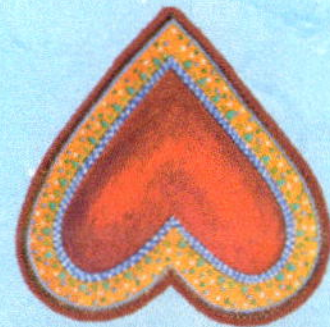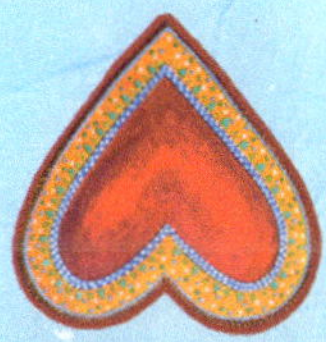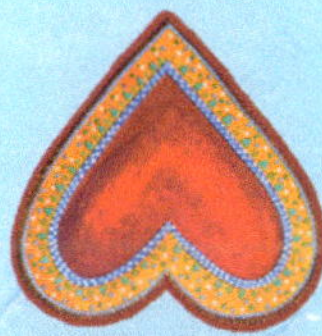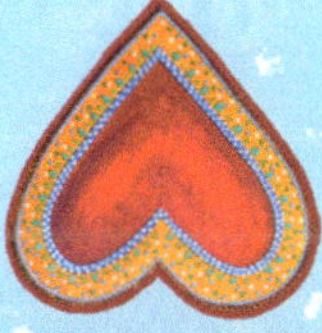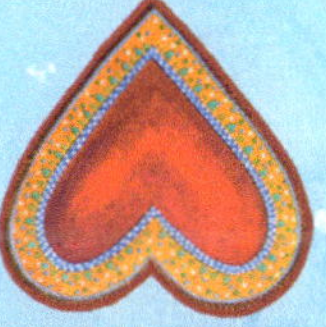

## PRACTICE COMPASSION
### …unti you ARE compassion.

When others do something or you witness something that isn't "right" or disturbing, be compassionate, be smart, think about what you observing.  Do not judge what you witnessed, but be kind to the situation.  This is compassion. We do not always know WHY something has happened nor can we know the whole story of why, but we can be kind and offer our quiet heart that those involved find their answers and learn.  One day we may need others to show us compassion.

Remember, compassion is an action that is used in conjunction with kindness, patience, forgiveness, gratitude and consideration.  The practice  of several of these qualities in unison is true compassion.

Compassion is not passive  but  reflects the  highest and more conscious action of all actions.  It therefore requires and demands that we "act" and  more importantly that we  "are" in our best Self in any and all given situations: individually and collectively.

Compassion is the ultimate because it requires our courage, maturity and responsibility  to all that is: ourselves, our communities and our world.

# PRACTICA COMPASIÓN
### ...hasta tu ERES compasión.

Cuando otros hagan algo o tú observes algo que no es correcto, se compasivo, se inteligente, piensa en lo que estas observando. No juzgues lo que observas. En vez de juzgar solo observa y se amable con la situación. Esto es compasión. No siempre sabemos por qué pasa algo, tampoco podemos saber toda la historia, pero podemos ofrecer nuestra compasión silenciosamente, para que los involucrados encuentren la solución y que aprendan de ello. Un día también necesitaremos la compasión.

Recuerda, la compasión se usa junto con la bondad, la paciencia, el perdón, la gratitud y la consideración. La práctica de varias de estas acciones unidas es la verdadera compasión.

La compasión no es pasiva sino que refleja la "acción" más suprema de acciones. Por lo tanto esto requiere y demanda que "actuemos" y mas importante que "seamos" lo mejor que podemos SER en cualquier situación dada, individual y/o colectivamente.

La compasión es lo máximo porque requiere nuestro valor, madurez y responsabilidad en toda la Creación: nuestros seres, la comunidad y el mundo entero.



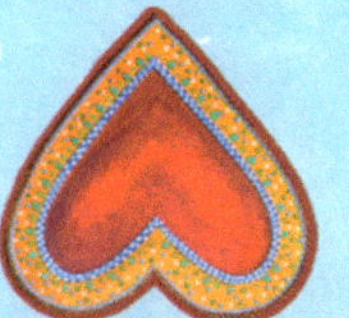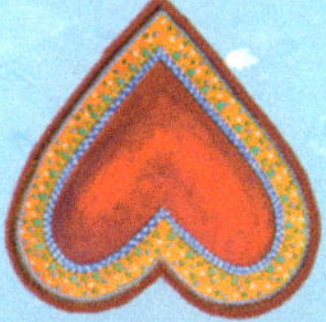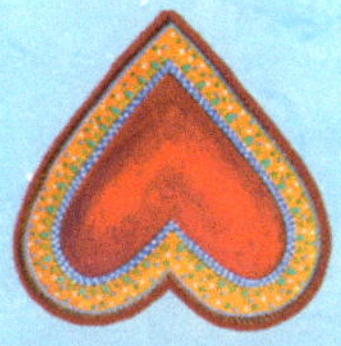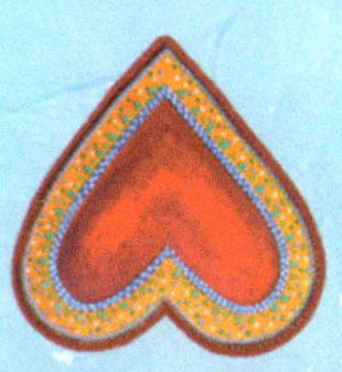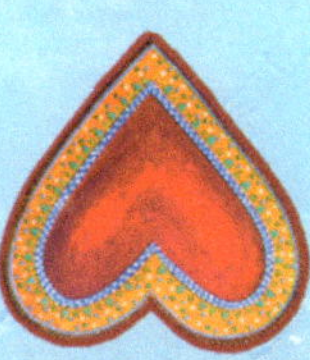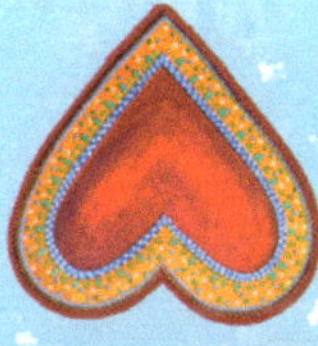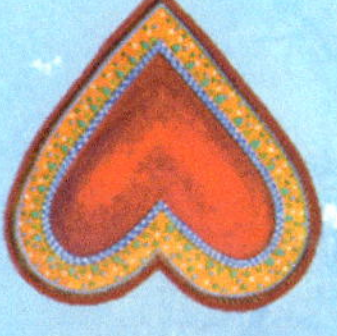

## PRACTICE FORGIVENESS
### ...until you ARE forgiveness.

Everyone makes mistakes: accidently or purposefully.  There are times of confusion in our lives, when harm is done. Our decisions we make sometimes hurt or cause pain to another person, or other living thing or things. Time seems to stop at these moments in life, because of the pain. But time can move again if we reflect on what was done and make the necessary "corrections".
Corrections can happen when we are brave, brave enough to be honest and then DO whatever we discovered in our reflections to help improve that situation. Forgiving takes action and it takes bravery and compassion.  Forgiveness is the hardest thing to do and requires the most courage. True forgiveness happens more completely when we have first learned to forgive our self. One day we will all need to be forgiven for something.

## PRACTICE GRATITUDE
### ...until you ARE gratitude.

Do you ever stop like Matisse did and just listen and  let your self feel your own breathing? Your own heart beat? Have you ever wondered HOW your body can do all the things that it does all by itself? Well when you do, something magical happens, you start to feel happy and thankful. This is gratitude and it can begin right with you by saying thank you that you are alive, you can breathe, you have a brain, you can see, feel, touch and jump…Now after you feel this smart thankfulness, SeeMore  is sure you can think of many other things to be thankful for. And remember  gratitude can expand and grow all around you,  so carry it with you all the time and practice it.



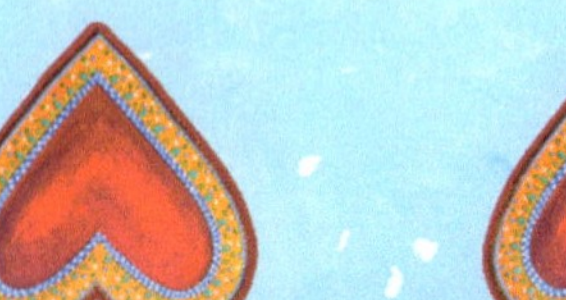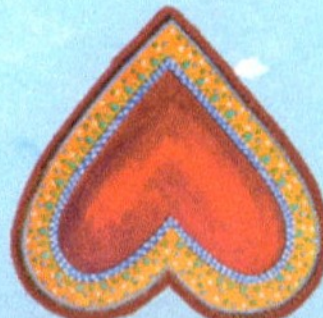

## PRACTICA PERDONAR
### ...hasta tu ERES perdón.

Todos nos hemos equivocado: accidentalmente o a propósito. Cuando se hace daño, es porque hay confusión en nuestras vidas. A veces, las decisiones  que tomamos, pueden lastimar a otras personas o cosas vivientes. El tiempo parece pararse en esos momentos porque hay dolor, debemos seguir al hacer las correcciones necesarias.

Las correcciones pueden realizarse cuando somos valientes, suficientemente valientes para ser honestos y hacer lo que hemos descubierto en nuestras reflexiones para mejorar la situación. Para perdonar se ocupa tomar acción, tener valentía y compasión. Perdonar es la cosa mas difícil de hacer y requiere mucho valor. El perdón verdadero sucede cuando nos perdonamos a nosotros mismos. Un día todos vamos a ocupar que nos perdonen por algo.

## PRACTICA AGRADECIMIENTO
### ...hasta tu ERES agradecimiento.

Algunas veces te has parado para escuchar y sentir tu propia respiración como hizo Matisse? Para  sentir el latir de tu corazón? Alguna vez te has preguntado: ¿como tu cuerpo hace todo solo? Pues cuando lo hagas, algo mágico pasa, te empiezas a sentir feliz y agradecido. Esto es gratitud y puede realizarse cuando dices: gracias por estar aquí vivo, gracias que puedo respirar, que tengo cerebro, que puedo ver, sentir, tocar, brincar… entonces sentirás agradecimiento inteligente.  VerMas está seguro que puedes encontrar más cosas por las que estés agradecido. Y recuerda que la gratitud puede crecer y expandirse, para llevarla contigo a donde quiera que vayas.



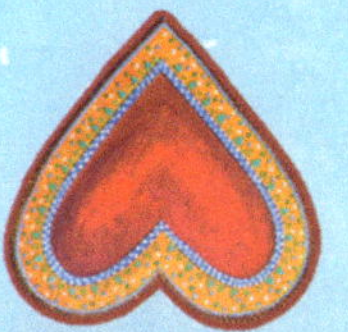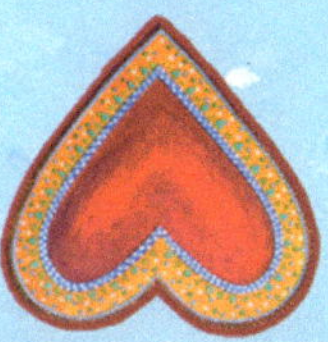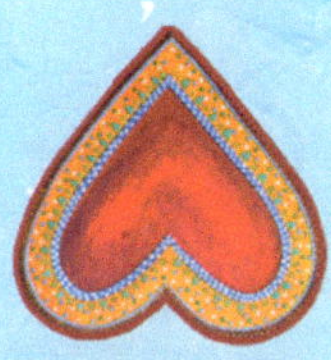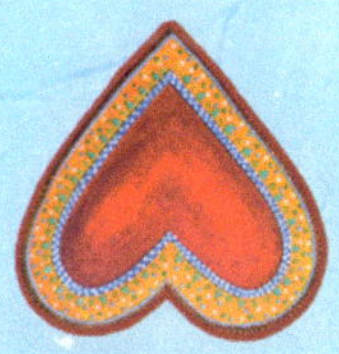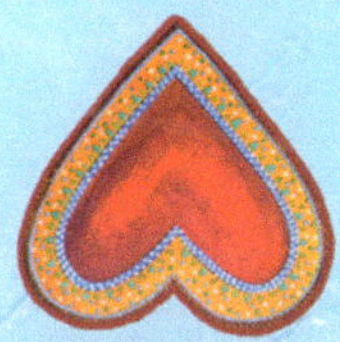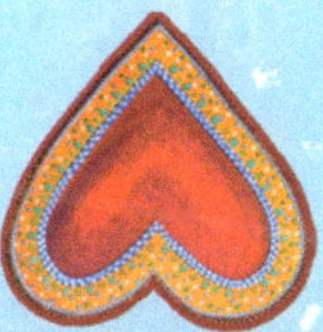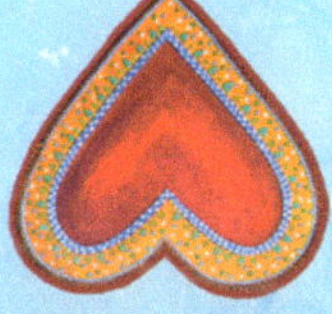

# PRACTICE CONSIDERATION
## ...until you ARE consideration.

Do you ever think that what you do or even think can have an  affect on something or someone else?  Love is a vibration, you can't see it. Just like you can't see the radio waves, but you can hear the music coming out of the radio. Well the same works for love, it's a vibration that can be felt, both ways! So when we show consideration, it is a smart expression of love and others can feel it because the vibration traveled and expanded and reached them. You felt it too because you sent it.   This is why we should practice consideration because we can feel it and send it. Consideration is thinking of another,  regardless of one's views or way of life.

Consider the lives of those who live with war.  Send the ones who live in war, peace.
Consider the ones who don't have food to eat, imagine their lives. Now send them love and hope that some day we will all be able to eat good food. We just practiced  considering others without thinking about if they deserve peace or war, or if they believe in the same things or God the way we do.  We are just "considering" others and what others may be going through and sent them a smart love vibration of consideration.  We are all powerful, each of us. We can always do something just by sending out our smart love, by considering others and their own lives.   Remember it doesn't matter how close or far away anyone is…. Love's vibration is just like the radio waves…it expands out everywhere to anyone and everyone! Be brave and spread the waves of love by creating the music of consideration, patience, gratitude, kindness, forgiveness and compassion  for ALL of life.

# PRACTICA CONSIDERACION
### ...hasta tu ERES consideración.

¿Algunas veces has pensado que lo que haces o hasta lo que piensas tiene un efecto sobre otras personas o cosas? El amor es una vibración, no lo puedes ver. Al igual que no puedes ver las ondas de una radio, pero si puedes escuchar la música que sale de ella. Pues lo mismo ocurre con el amor, es una vibración que puede sentirse, por ambos receptores! Entonces cuando expresamos consideración es una expresión inteligente de amor y otros lo pueden sentir porque el amor viajó y se expandió, llegando a la otra persona. Tu también lo sientes porque tu lo mandaste.

Por eso deberíamos practicar consideración, porque lo podemos sentir y enviarlo.
Consideración es pensar en otros, a pesar de sus opiniones o modo de vida. Considera como viven aquellos en guerra. Manda amor a aquellos que viven en guerra. Considera aquellos que no tienen que comer, imagina sus vidas. Ahora mandales amor y fe y desea que algún día todos podremos comer buena comida. Lo que acabamos de hacer es considerar la vida de otros sin pensar que se merezcan paz o guerra, o si creen en el mismo Dios que nosotros. Solo estamos "considerando" a otros y lo que están viviendo y mandándoles consideración de amor inteligente. Cada uno de nosotros somos poderosos. Siempre podemos hacer algo, enviando nuestro amor inteligente, considerar la vida de otros. Recuerda que no importa lo lejos o cerca que esté alguien… amor son vibraciones, como ondas de una radio… se expande por todas partes y con quien sea! Se valiente y envía ondas de amor creando música de consideración, paciencia, agradecimiento, amabilidad, perdón y compasión para todo ser viviente.

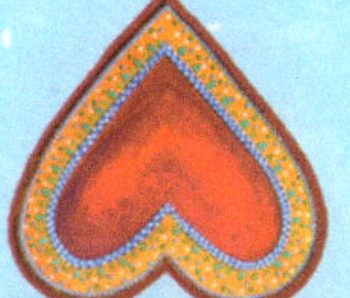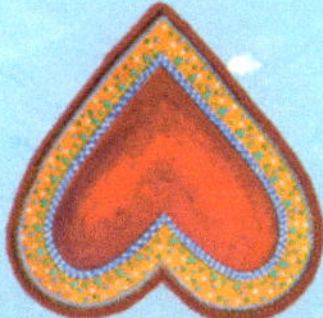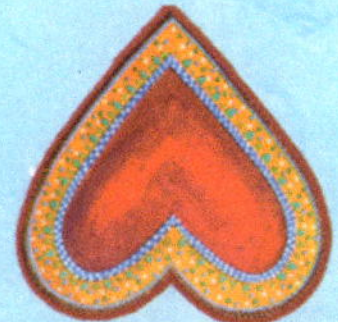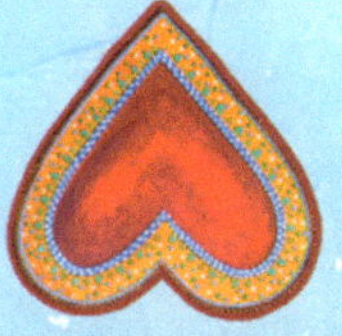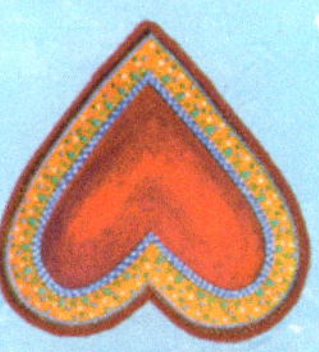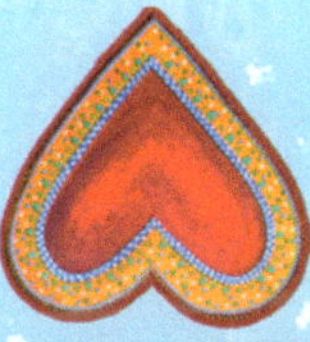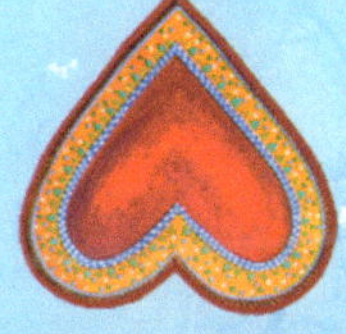

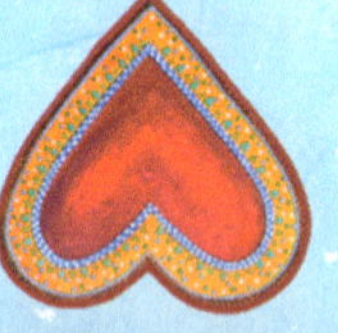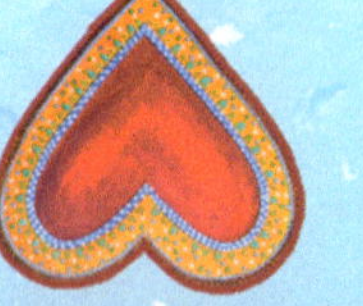

# WOW of The Heart… Adult Guide

We can follow the children's guide along with our young ones, as there are "onion layers" to each of the heart qualities. What we will discuss in this  adult guide section are ways to change or shift our perspectives about life so we can express love more maturely and with more laser like potency. Simple shifts in perspectives are often more valuable and useful in truly changing the paradigm from one way of living to another. This is our goal… to make the choice to express our mature responsible love from our intelligent heart center.

Before we start it is helpful to recognize or have some belief or see some validity in the following:

- Love is a vibration and has its own energy and frequency just like any other emotion.
- The emotion that is "fed", love or fear, will be the one that manifests.
- Love can have the highest frequency because the heart has it's own electromagnetic field: becoming conscious of this field and exercising it enhances one's ability to transmit  love to self, others and to things.  Love is intelligent and requires our intelligent mature choices and expressions.
- Our love intelligence flows when we are coherent. Coherency is most probable when there is harmony  between our body, mind, emotions, soul and goals. The stronger the coherency (intelligence), the stronger and more vibrant the transmission.
- Observe each present challenge as an "opportunity" as opposed to a "hardship" , this shift in attitude can help us  make  clearer  intelligent choices.
- How our universe operates: WE reflect and mirror to the universe who we ARE, (not our dreams or desires or thoughts). The universe does not respond to "wandering"  mind that is disconnected  from Self. In other words…We have to become what we want in order to get that reflected and mirrored back to us in our lives.

# GUAU DEL CORAZÓN… GUIA DE ADULTOS

Podemos seguir la guía de nuestros jóvenes, porque hay muchos niveles en las cualidades del corazón. Lo que discutiremos en esta sección de guía para adultos es  la forma de cambiar nuestras perspectivas sobre la vida,  para que podamos expresar amor maduramente con una potencia tipo láser. Usualmente, para cambiar el paradigma de modos de vivir, simples cambios de perspectiva son más valiosos y servidores. Esto es nuestra meta, tomar la decisión de expresar maduramente nuestro amor inteligente.

Antes de que empecemos es importante reconocer o dar validez a lo siguiente:

• El amor es una vibración que tiene su propia frecuencia de energía como cualquier otra emoción.
• La emoción que alimentes, amor o miedo, es la que se fortalecerá.
• El amor puede tener la mayor frecuencia porque posee su propio campo electromagnético: ser consciente de este campo y ejercitándolo, aumenta la capacidad de cada uno para transmitir amor a si mismo, a los demás y a las otras cosas.  El amor es inteligente y requiere decisiones inteligentes y maduras.
• Nuestro amor inteligente fluye cuando somos coherentes. La coherencia es más probable cuando existe armonía entre nuestros cuerpos, nuestras mentes, nuestras emociones, almas y metas.
• Observa cada reto que se te presenta como una "oportunidad" en vez de una "dificultad", este cambio de actitud puede hacerte tomar una decisión más clara e inteligente.
• Como opera nuestro universo: el universo es un espejo de lo que nosotros somos, no de nuestros deseos, sueños ni pensamientos. El universo no responde a mentes desviadas  que están desconectadas de TU mismo. Es decir debemos convertirnos en lo que queremos, para que el universo nos refleje lo mismo en nuestras vidas.



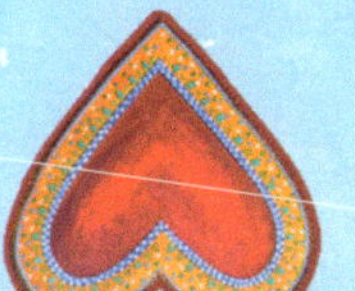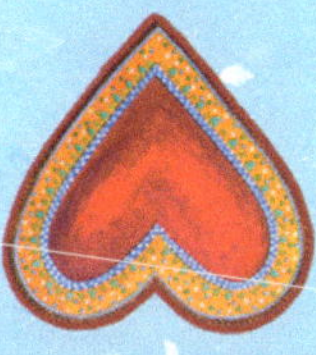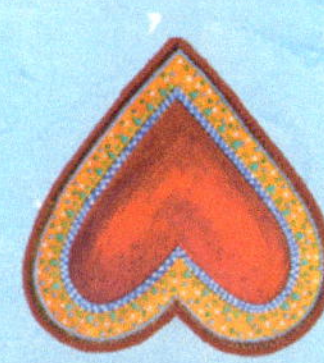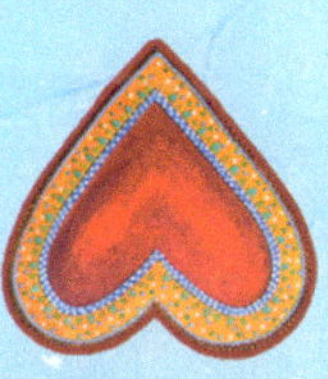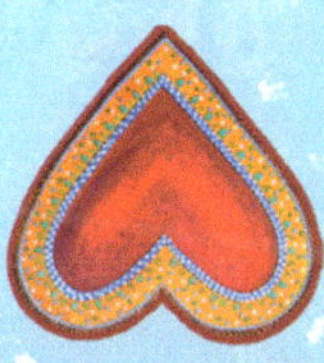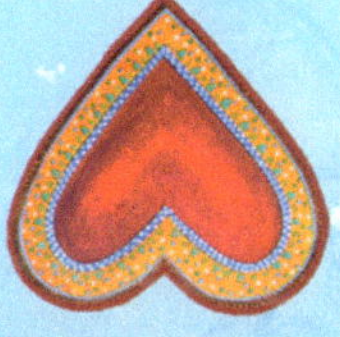

**Firstly,** take the position of the "observer" of one's own self as opposed to "judging" oneself. This is advisable and useful as a tool because the "observer" eliminates subjectivity and more importantly judgment. The observer's position is objective so one is prone to see situations with clarity. Clarity is a prerequisite for finding answers and opens us to more possibilities or options. When one has more options to choose from, one can BE and choose to take action from one's heart intelligence. The observer can see the options available; options that can diminish or alleviate one from making emotionally charged reactive decisions.

**Secondly,** we can shift ourselves if we take a hard and objective look at the following desires: control in any form and/or situation, instant gratification and pre-occupation with "the next thing". Many of our cultures are built on such concepts that keep us constantly occupied and in a state of incessant and ceaseless mind "chatter" and judgment. As you OBSERVE and reassess these concepts, one will discover that these are not coherent desires with living from the Heart and they are in direct conflict. Many of our illnesses (dis-ease) in self, family, communities etc. are caused by such desires. Living in this state where our desires are in conflict with aspects of our hearts; beckons our attention and need for reflection. We must reassess and redefine our goals. Once we have identified a more non conflictive goal, we are on our way to accomplishing a coherency between all parts of our Self.

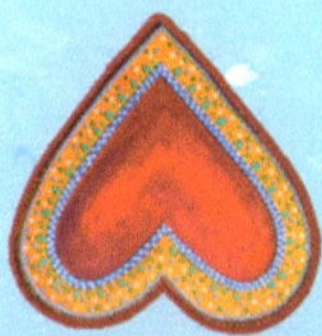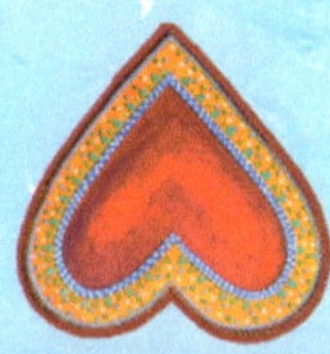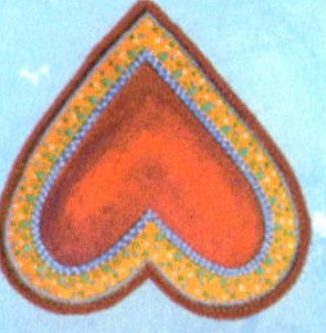

**Primeramente,** toma el papel de ser el "observador" de ti mismo en vez de ser el "juez". Esto es una herramienta tremendamente útil, porque el ser "observador" elimina subjetividad y juicio. El objetivo de ser el observador es ver  las cosas con mas claridad. Claridad, es previamente necesario para tener más opciones en que escoger, uno solo tiene que "ser" y de ahí tomar una decisión, desde la inteligencia de su corazón. Esta acción de "observador" puede disminuir y/o aliviar a uno de tomar decisiones emocionalmente reactivas.

**Segundamente,** podemos cambiar si nos observamos objetivamente a los siguientes deseos: control, gratificación instantánea y "qué sigue?"  Varias de nuestras culturas están basadas en estos pensamientos, que nos mantienen en un estado continuo e incesante de cháchara mental y juzgamiento. Como veras, observando y evaluando estos conceptos, observaras que estos deseos no son coherentes si vives con  el corazón, y de hecho están en un conflicto directo. Muchas de las enfermedades que  uno tiene o las familias, comunidades etc. , son la derivación de estos deseos. Viviendo con tales conflictos o cuando nuestros  deseos están en conflicto con nuestros corazones; nos llama la atención y necesitamos reflexionar, reconsiderar y redefinir nuestras metas. Una vez que hemos identificado una meta menos conflictiva, estamos en camino de armar una coherencia entre todas las partes de nuestro ser.



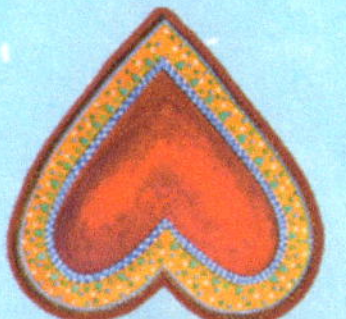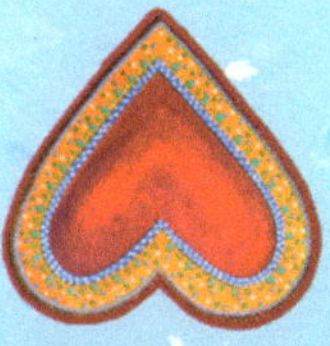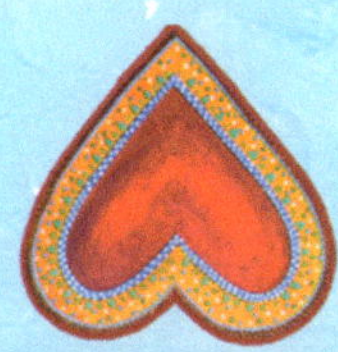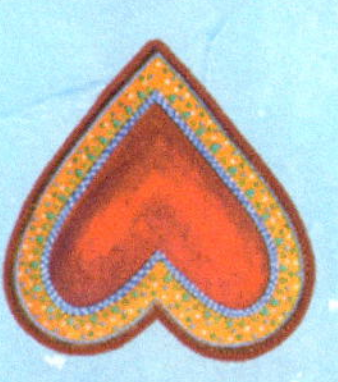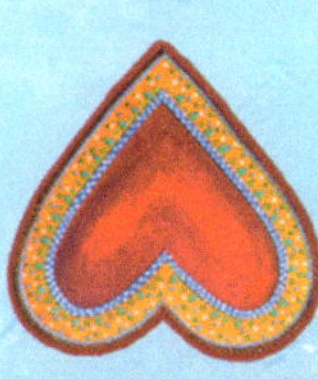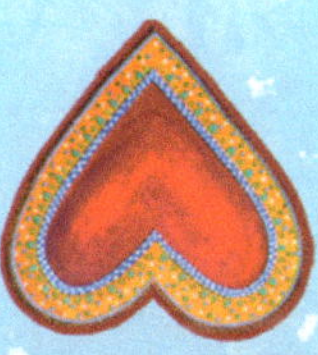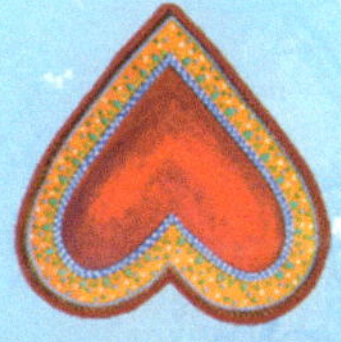

**Thirdly,** as we are shifting our perceptions, our concept of time will be shifting as well. We will realize how important each NOW is. We will observe that life happens not only in linear (horizontal) way but also in a vertical expansive  way. In short,  life is in this instant. The more present one is at any given moment, the more access to 'vertical possibilities' one has. If one is busy thinking or worrying about the past, where is the room for now?  The same can be said for the future. The power lies within each moment and in that moment each choice we make or don't, steers us in a certain direction. Which self will steer you? Be awake in each moment and give your intuitive voice a chance to be heard. As we approach each moment anew we will notice an emerging clarity; this clarity will grow and align one to our higher intuitive Self. Out of this alignment, a coherency between the mind, body, soul and goals emerges. Our diligent efforts to be in vertical moment of time is our only 'guarantee' for a true shift in our consciousness. The alternative CHOICE is to choose the non action "action" of postponement, which will prolong undesirable linear circumstances and situations, misguided by the lower self. What makes time/life  important is the choices we make within the moments we are given.

**In closing,** we are either consciously or unconsciously choosing love or fear. It is a process to become more conscious and it is only consciousness that can take down the fearful structures of control, instant gratification and the pre occupation with the "next thing". Exercising consciousness is reflected in our choices and our choices manifest a certain reflective corresponding reality. What world do you want to manifest? We can dismantle this thought/belief "prison" that we live in that lacks consciousness. We each are free to co create a better structure. We will create a better conscious paradigm,  one of inclusion, respect and dignity for all of life.   Scientific evidence is discovering and validating our ONE-ness and somewhere within our DNA is this memory.   The only thing that divides us is time; "when" we each choose to live from our conscious intelligence and from the love and power of our electromagnetic hearts.

**Terceramente,** mientras vamos cambiando nuestras percepciones, nuestro concepto de tiempo va a cambiar también. Nos daremos cuenta de lo importante que es el momento presente. Nos daremos cuenta que la vida no solo es lineal (horizontal) sino también vertical. En resumen, la vida está en cada instante. Lo más presente que estés en cualquier momento, más acceso tendrás a las posibilidades verticales. Si uno se preocupa y vive en el pasado, ¿en donde encuentra tiempo para el presente? Lo mismo se puede decir del futuro. El poder se encuentra en cada momento, y en ese momento las decisiones que uno hace o no hace nos dirige a cierto camino.

¿Cual percepción guiara sus decisiones? Sea despierto en cada momento, de la oportunidad a su intuición para que tenga su voz y que sea su guía. Si acercamos cada momento a uno nuevo, notaremos una nueva claridad y esta claridad crecerá y nos alineará con nuestro ser intuitivo. De esta alineación una coherencia entre mente, cuerpo, alma y meta emergerá. Nuestro esfuerzo de vivir en el momento vertical es nuestra única garantía para el cambio verdadero en nuestra consciencia. La alternativa opción es escoger el camino de no actuar y postergar, lo cual prolongara circunstancias y situaciones lineares no deseadas, mal guiadas por el ser dormido. Lo que hace el tiempo y le da importancia a la vida, son las decisiones que tomamos dentro de los momentos que nos regala la vida.

**Para terminar,** estamos conscientes o inconscientes escogiendo el amor o el miedo.
Es un proceso ser más consciente, y solo así podemos eliminar temerosas estructuras de control, gratificación instantánea y preocupación con "lo que sigue?" El ejercicio de la conciencia se reflejará en nuestras decisiones, y nuestras decisiones se manifestarán en cierto tipo de realidad correspondiente. ¿Qué tipo de mundo quieres manifestar? Podemos desmantelar estos pensamientos/creencias "prisiones" en las que vivimos, deficientes de consciencia. Cada uno de nosotros tenemos libre albedrío para co-crear una mejor estructura. Vamos a crear un paradigma de inclusión de una consciencia superior que incluye el respeto y dignidad para toda la creación. La evidencia científica está descubriendo y dando validez que somos uno y en algún lugar dentro de nuestro ADN esta esa memoria. Lo único que nos divide es el tiempo; "cuándo" vamos a decidir vivir de nuestra consciencia inteligente y del amor y poder que tienen nuestros corazones electromagnéticos.

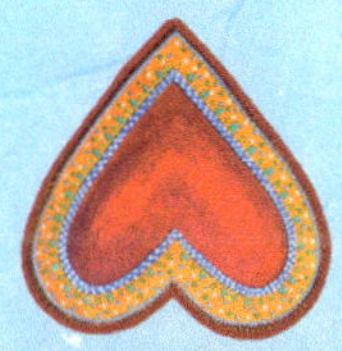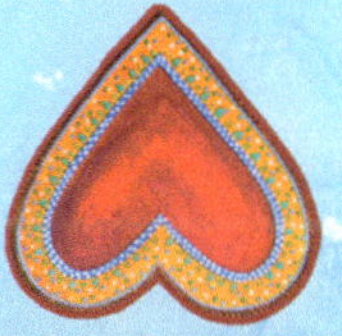

# THANK YOU PAGE

In deep gratitude to my family and friends.  Projects are rarely accomplished alone.  It's the love and support and honesty that collectively produces any work of art.
 I humbly thank my children (who are also my incredible friends) Azia, Marc and Coy. My dearest friends: Claudia Mariposa Kane, Celia Vazquez, Rebecca Silva, Mary Vernieu, Claude Vogel, Ross Vail, Tina Allen, Luis Arroyo, Jessica Flood and my brothers (Erik, Bert and Kurt) for years of support and love. Thank you to Howard Ekman Photography for years of documenting my art work and Octavio Lopez for graphic designs and Ideographik. Lastly I would like to mention Paramahansa Yogananda for his continued guidance and love and to one of my most dearest friend of my life, Brother Turiyananda.

Special thank you to my daughter Azia for her insightful strength, help and love in this project...thank you to my mom for her efforts in initiating a new paradigm for our family...


# AGRADECIMIENTOS

Agradezco profundamente a mi familia y amigos. Estos proyectos rara vez se logran solo. Es el amor, el soporte y la honestidad que colectivamente hacen posible una obra de arte.
Humildemente doy gracias a mis hijos (quienes también son mis amigos) Azia, Marc y Coy.
Mis queridos amigos: Claudia Mariposa Kane, Celia Vázquez, Rebecca Silva, Mary Vernieu, Claude Vogel, Ross Vail, Tina Allen, Luis Arroyo, Jessica Flood y mis hermanos (Erik, Bert y Kurt). Howard Ekman Photography por la documentación de mis obras de arte y Octavio López por el diseño gráfico e Ideographik. Por ultimo, me gustaría mencionar Paramahansa Yogananda por su amor y su guía continua, también a unos de mis mas queridos amigos, Hermano Turiyananda.

Un especial agradecimiento a mi hija Azia, por su fuerza perspicaz, su ayuda, su amor y sus "toques" en este proyecto.... Gracias a mi madre por sus esfuerzos de iniciar un nuevo paradigma en nuestra familia...

## ABOUT THE AUTHOR

Nanette E. Hayles is a self taught artist and writer.  She was born in New York City and was raised on the West coast of the United States. She received her post graduate decree in education  from University of   California at Berkeley.  She has dedicated her life to continuous study  and believes in the fusion/reflection  of the arts and the sciences.  She is also dedicated to the evolution of consciousness; individually and collectively.

Nanette E. Hayles has found truth in Diego Rivera's words, that the Western Hemisphere need not look solely across the ocean  for great art and architecture... she resides in Mexico with her family.


## ACERCA DEL AUTOR

Nanette E. Hayles es una artista autodidacta y escritora. Nació en la ciudad de Nueva York y se crió en la costa oeste de los Estados Unidos. Realizó un  post grado en educación en la Universidad de California en Berkeley.  Ella dedicó su vida al estudio continuo y cree en la fusión/reflejo de las artes y las ciencias, así como en la evolución de la conciencia, de manera individual y colectiva.

Nanette E. Hayles ha encontrado la verdad en las palabras de Diego Rivera,  cuando dijo que el hemisferio occidental no necesita ir exclusivamente a través del océano  para ver y estudiar el arte y la arquitectura ... ella reside en México con su familia.